글벗시선 201 신복록 네 번째 시집

그 바다는 나를 위로한다

신복록 지음

시인의 말

시집을 출간하며

바다 한가운데
단 하나의 애틋함
유년 시절
그리고
풋풋한 사랑이
머물러 있는
추억의 그 바닷가

짭조름 비릿한
내음으로 그리움의
목마름을 달래주기에
홀로 찾아와도
쓸쓸하지 않은 곳

때론 지쳐버린

마음을 쉬어가라
푸근함을 내어주고

공허함에 텅 빈
가슴을 보듬어 주며
내일이란 여백을
채워주는 그 바다는
언제나 나를 위로해 준다

정양석, 김영숙
두 분의 한없는 사랑에
진심으로 감사하다

2023년 7월
저자 신복록

차 례

제1부 삶의 그림

제2부 흑백의 추억

제3부 한 송이 바람

제4부 고독한 사연

제5부 그 겨울 바다

■ 서평

제1부

삶의 그림

성난 바다

바람이 꼬드겨서
태풍을 데려왔나
바다는 밤새도록
성이 난 듯 굉음만
토해내고 있다

여명의 붉은빛은
구름 뒤에 숨어버리고
큰 물결 휘감은 파도는
무서우리만큼
백사장으로 질주한다

하얀 포말을 만들어
넓은 모래밭에
보드라운 융단을 펼쳐놓고

나의 흔적도
인연의 발자국도
매정하리만치
쉼 없이 지워대고
쫘르륵 사라진다

호숫길

호숫가 하늘에는
뽀얀 솜뭉치가
머물다 시원한
바람만 남겨놓고
휭하니 흘러간다

사부작거려 길을 걷는
호숫길 머리 위로
따끔한 옷을 입은
밤송이가 흔들흔들
떨어질 듯 말 듯
장난을 치니

잔잔한 물결 위로
파문을 일으키며
가을 내음 물씬 품은
갈바람이 어서 가라
등 뒤를 떠밀어댄다

작은 별꽃

노란 하얀
작은 별꽃들이
영롱한 햇살에
단아하니 곱디곱다

잎새 밑에 붉은
딸기 한 알 수줍은 듯
얼굴을 쏙 내밀고

작디작은
꽃물결이 앙증맞게
살랑거리며 봄의
미소를 짓는다

민들레야

보드라운 솜털 모자
쓰고 있는 민들레야
한잎 두잎 낙엽이 지는
쓸쓸한 가을날에
휑한 마음 추스르고

바람이 데려다주는
그곳 따라 훨훨 날아
갈잎 쌓인 풀숲에
자리 잡고 낙엽 이불
한 겹 두 겹 포근히 덮고
차디찬 겨울을
꿋꿋이 견뎌내렴

따뜻한 봄이 오고
벌 나비 날아들면
기지개를 활짝 펴고
노란 하얀 꽃잎 다시 필
희망을 잊지 말아라

오동나무의 추억

비탈진 언덕배기
키가 큰 오동나무에
연보랏빛 예쁜 꽃이
종들을 걸어놓은 듯
바람결에 찰랑거린다

오동나무를
바라보면 반닫이를
만들어 주시던
아버지의 모습에
좋아하던 열여섯 살
소녀가 떠오른다

예순이 넘은
세월 속에서
소녀의 행복했던
추억은 늙지도 않고
그 기억에 머물러 있다

밥 한 상

사계절 변함없이
올곧은 소나무처럼
늘 항상 그 자리에서
밝은 미소로 반겨주는
벗이 있었기에

지친 마음은
친정집 찾아온 듯
편안함이 스며들고

정 많은 마음은
따뜻한 밥 한 끼
먹여야 한다며 사랑을
듬뿍 넣어 만든
행복한 밥상을 차려주니
한 그릇의 밥에는
묵은 우정의 향기가
진하게 배어 있다

추억을 빚는다

봄볕이
무르익어가는
이맘때 즈음이면

청량한 바람과
동행하며 들녘 길에
햇쑥을 찾아다닌다

유년의 시절에는
쑥개떡을 만들어
배부름을 채우던
잊지 못할 그 맛

손끝에서 조물조물
한 조각 또한 조각
동그랗게 모나지 않은
마음을 버무려

그 시절의 맛을
그 시절의 추억을 빚는다

등나무 넝쿨 아래

오후의 햇살 한 줌
훤하게 스며드는
집으로 가는 길목
사거리 모퉁이에

앙상한 가지마다
넝쿨은 얼기설기
뻗어가며 보랏빛
꽃물결이 살랑거린다

머릿결 곱게 딴 듯
등나무 꽃잎마다
벌들은 향기에 취해
떠날 줄 모르고

감성의 발걸음은
등나무 넝쿨 아래를
서성이니 은은한
자연의 향수가
황홀한 선물을 내어준다

명이나물밭에서

푸릇푸릇
싱그러움이 남실대는
명이나물밭에서

손끝에 한잎 두잎
또 독 똑똑 음률 소리에
톡 쏘는 향기가 스며들어
코끝이 알싸하다

계절의 여유로움에
잠깐 기대어 하나의
추억 페이지에 봄의
풍경을 채우며

불어오는 산바람에
웃음소리 실어 보낸다

해피엔딩을 소망하며

머리는 괜찮다며
별 게 아니라고
주문을 외우지만
불청객 마음의 감기는
자신을 움츠리게 만든다

울퉁불퉁 험난한
길을 걸어왔으니
남은 삶의 길은
평안함을 원했건만

긴 한숨을 토해내고
긍정이란 공기를
깊이 들이마시며
바람을 빌어본다

동그란 그 아이는
모나지 않고
해피엔딩 될 거라고
자신을 토닥토닥
위로를 해준다

습지의 갈대

겨울을 희롱하듯
긴 머리 꼿꼿이
세우고 당돌하게
춤을 추던 갈대는

칼바람 불어대는
한파의 불호령에
푸석한 머릿결을
풀어 헤친 채
초라한 모습으로

힘을 잃고 서걱서걱
작디작은 흐느낌으로
습지의 길섶에서
처량하게 울고 있구나

삶의 그림

겹겹이 추억의
사연들이 묻혀있는
동틀 무렵의 고향 바다

마음의 위로와
힘을 실어주는
희망의 울타리에서
잠시 여유를 가져본다

힘차게 솟아나는
붉은 일출은
바라보는 이에게
용기를 실어주니

자신을 낮춘
마음가짐으로 남은
삶의 그림을 고운
색으로 채색하고 싶구나

겨울밤 I

깊은 상념에 젖어
불면의 밤을
뒤척이다 창밖을
바라보니

한파의 당당함에
달 별빛마저
구름 속에 숨어
단잠을 자고 있다

저 멀리 밤 기차는
무엇이 그리 바쁜지
덜컹 소리조차
내뱉지 못하고 쌩하니
이름 모를 역을 향해
어둠 속으로 사라지고

자동차 경적만
고요 속에 들려오는
겨울밤은 자정을 넘어
새벽이란 동살 빛이
발그레 물들인다

밉지 않은 잔소리

셀 수 없을 만큼
힘겨운 사연 속에
함께 울고 웃던
나와의 고운 인연
피 한 방울 섞이지
않았건만 나를 위한
사랑의 깊이가 깊고 깊다

행여나 아플까
식사는 잘하는지
이틀이 멀다 소박한
잔소리를 재잘대는

그녀는 마흔아홉 살

오늘도 전화기 넘어
예순세 살 먹은 이는
정이 담긴 밉지 않은
잔소리와 함께 따스함을
품고 새벽길을 밟는다

물방울

싸늘한 찬바람을
데려온 겨울비는
잔잔한 호숫가
물결 위로 동그란
파문을 일으키다
흔적도 없이 사라진다

살며시 내민 나의
손바닥 위로
맑디맑은 물방울이
톡톡 점을 찍어 퍼져가는

호숫가 둑길에는
우산 위로 겨울비
노래가 장단을 맞춘다

삼월의 이별

가녀린 삼월의
소녀는 남풍 바람에
살금살금 찾아들어

꽃나무에 살포시
입 맞추니 봄의
요정들이 한 송이
또한 송이 피어난다

그렇게 봄이란
밑그림을 미완성으로
남겨놓고 사뿐사뿐
걸어오는 사월에게

봄 동산을 완성
하라며 꽃의 무대를
펼칠 붓을 쥐어주고
삼월은 이별 길로
홀연히 떠나갔다

우리는 그렇게 살자

힘에 겨운 고달픔에
웃을 일이 줄어들고
기쁜 일이 없다지만
희망 품고 살아가자

산속 길에 자연들은
산새 소리 냇물 소리
조건 없이 들려주니
이 얼마나 행운인가

막걸리에 파전 한 장
진수성찬 아니어도
이 순간이 즐거우니
멋진 일이 아니겠나

작은 것에 감사하며
소박한 삶 사랑하며
행복 웃음 나누면서
우리는 그렇게 살자

그 가을밤

속절없이 흘러가는
세월의 야속함에
헛헛함이 밀려오고

휘영청 만삭의
보름달을 바라보니
잠시 잊고 있었던
기억 하나가 가슴을
헤집어놓는다

풀벌레도 슬피 울던
그 가을밤 아홉 살
어린아이의
기다림이란 아픔의
흔적 때문에

그녀의 향기

비싼 향수 향기에
비할까요
어느 꽃향기에
비할까요

아무런 조건도 없이
잣대로 재지도 않고
사람 하나 올곧게
바라보며 따뜻한
정을 나누니

퍼내도 마르지 않는
우물 속의 맑디맑은
샘물 같은 그녀는

이웃이라는 인연 속에
진솔한 마음으로
향기를 품고 있는 그녀
그 향기에 머물러 있는
나는 분명 행복한 사람입니다

잠깐의 여유

외로운 사람이여
삶이 고달픈 사람이여
현실의 일손을 잠시
멈춤이란 알람을 해놓고

동살 빛이 곱게
물드는 이른 아침
청량한 바람 스치는
백사장을 거닐어보세요

붉디붉은 여명이
찬란하게 솟아오르며
잔잔한 물결 위에
눈부신 윤슬 빛의
황홀함을 보신다면

지쳐있는 마음에
평온함이 스며들어
잠깐의 여유로움을
느낄 수 있으니까요

산사에서

정월 초이틀
고즈넉한 산사에는
노스님 염불 소리만
낭랑하게 들려오니

법당에 향을 사르고
두 손 모아 합장하며
가신 임의 그리움에
엎드려 빌고 빌어본다

바람은 처마 끝에
풍경을 툭툭 치니
서러움을 토해내듯
뎅그렁 창그렁 울고

되돌아오는
헛헛한 빈 가슴에
이름 모를 산새의
애절한 소리만 들려온다

낙엽

지난가을 형형색색
갈잎 물결들이
화려한 축제를
펼치고 떠난 자리

바스러져서 누군가의
양분될 희망을 잠시 멈춘 채
가녀린 거미줄에
쓸쓸히 매달려 뒹굴지도 못한다

눈보라 비바람에
차디찬 서릿발도
견뎌내며 앙상하던
나뭇가지에 봄물이
오름을 지긋이 바라보는
빛바랜 낙엽은

봄이 오는 길목에서
스치는 바람결에 몸을
맡긴 채 흔들흔들
그네를 타고 있다

제2부

흑백의 추억

추억의 꽃

감꽃이 떨어지는
골목길 담장에는
넝쿨에 얼기설기
인동꽃 만발하니
아련한 그리움들이
꽃잎 속에 머문다

어릴 적 말괄량이
들녘을 뛰어놀다
꽃잎 따 뒤 꽁지의
달콤함 먹곤 했지
향수가 깃들어있는
그 옛날의 추억 꽃

하얗게 피었다가
노란 꽃 변신하니
벌들은 쉴 새 없이
향기를 찾아들죠
눈부신 햇살 보듬고
깊어간다 오월이

해줄 수 있는 마음

어릴 적부터
살갑고 정 많던
소녀가 짝꿍을 만나
결혼한다니

작은 무언가를
해주고 싶은 마음은
엉망이던 신혼집
입주 청소를 사랑의
손끝으로 묵은 때를
쓸고 닦아낸다

청소의 흔적을
돌아보니 뽀송뽀송
깨끗함이 손이 붓고
근육통에 시달렸던
3일간의 땀방울들은

나의 선택이 잘했구나
성취감 되어
기쁨의 미소를 지으며

예쁜 숙녀가 이곳에서
행복한 웃음꽃 피어
사랑의 향기 그윽하길
진심으로 바람을 해본다

잠시만

가끔은 힘에 겨워
모든 것을 포기하고
싶을 때가 있을 터

하지만 자신만의
자아를 상실하지
않았기에 삶의 길에서

절망이란 말은
절대 쓰지 않으련다
다만 감당 못 할 만큼
고달픔이 밀려오면

잠시 털썩 주저앉아
들숨 날숨 숨 고르기를 한다
나를 위해서 아주 잠시만

점

겨울 선물은
가로등 불빛 아래
소복이 내려앉아
골목길을 새하얀
화선지를 펼쳐놓으니

새벽을 걸어가는
나의 발길은
붓이 되어 하루라는
발자국 점을 찍는다
차디찬 겨울바람에

낯선 곳에서

밤바람은 싸늘함을
데려와 두꺼운 옷을
입으라 재촉하고

깊이를 알 수 없는
사인암은 어둠 속에
한 폭의 산수화가 되어
웅장한 자태를 뽐낸다

저 멀리 들려오는
개울가 물소리는
밤의 운치를 더해주고
나뭇가지 끝에
매달린 낙엽은
가로등 불빛에
쓸쓸함을 부추긴다

늦가을 밤이 깊어가는
낯선 곳에서 가을 사색에
잠시 잠겨본다

겨울밤 2

석대골에는
순백의 눈송이가
잔잔한 바람 따라
춤사위를 살랑이고

어스름 뜨락의
가로등 불빛 아래
겨울 화가는 자연의
아름다운 그림을
덧칠한다

저 멀리 어느 집
개 짖는 소리만
어둠을 타고 들려오고

통 큰 창가에 앉아
작품이 되어가는
설경을 바라보며
도란도란 수다 소리에
겨울밤은 깊어만 간다

달팽이

퍼붓는 폭우 속에
쉴 곳을 잃은 건지
긴 줄기 넓은 잎에
높이도 올라앉아
잠깐의 숨을 고르며
머무르는 달팽이

빗줄기 잠을 자니
무거운 등짐 지고
홀로이 긴 여정을
어디로 가야 할까
아늑한 쉴 곳 찾아서
느릿느릿 떠난다

봄빛 풍경 속에서

하루의 고단함이
무거운 끈이 되어
온몸을 쥐어오는
집으로 가는 길목

꽃샘바람에
눈 흘기며 피어난
아름다운 벚꽃 물결이
장관을 자아낸다

만개해 흐드러진
탐스러운 꽃길 따라
자박자박 걸어보니

왠지 모를 기분 좋은
미소 지으며 하루의
노곤함이 여린 꽃잎처럼
가벼움을 느끼는 것은

아마 봄빛 풍경 속에
머물고 있기 때문인지도

잠자리 한 마리

아빠가 잡아 주신
잠자리 한 마리가
손가락 사이에서
날갯짓 푸드드득
무서워
어쩌면 좋아
놓칠 것만 같아요

난생 첨 느껴보는
신기한 시각 촉감
할머니 아빠 엄마
내 모습 귀엽대요
모두가
깔깔깔 하하
웃음꽃이 폈어요

미역국 한 그릇

풀숲에 음악인들
가을밤 멜로디를
섧게도 들려주니
휘영청 달빛 속에
슬픔의 기억 한 조각
통증 되어 아려온다

헛헛한 모성의 정
부성의 사랑 속에
그리움 숨겨두고
엄마란 예쁜 이름
이불을 뒤집어쓴 채
불러보던 그날들

애달픔 하나하나
가슴에 매달린 채
상상의 기억 저편
희망 꿈 있었건만
목마른 엄마의 정은
갈증 되어 남았네

누구의 잘못 아닌
이 또한 나의 운명
미역국 한 그릇에
당신을 그려보니
소중한 추억은 없고
빈 가슴만 있구나

코흘리개

고향의 코흘리개
옥수수 감자 서리
개구쟁이 철부지들
추억만 간직한 채
세월의 숫자 속에
황혼 길을 걷고 있구나

육순을 넘은
삶의 길목에도
질기고 질긴 끈이 되어
서로를 보듬으니
숙성된 우정의 맛은
깊고 깊다

동글동글 뽀얀 속살 뽐내는
고소한 감자 부침개
매콤함이 우러난 김치 수제비
유년의 맛을 내어주고

화려한 야경은
덤이 되는

아름다운 청초호를 거닐며
달달한 이야기 나눌 수 있는
그녀가 있기에
고향의 밤은 행복하여라

달구경

밤하늘에 구름은
자꾸만 놀아달라
둥근 달 옆에 붙어
심술을 부려대니

포근한 달님은
온화한 미소를 띠며
구름 뒤를 들락날락
숨바꼭질 놀이한다

고요한 습지의
무성한 연잎들은
달빛의 운치에
반해 하늘을 향해
큰 키를 치켜드니
잠에 취한 물오리들은
헛기침만 해댄다

눈이 내리면

하얀 눈꽃이
나풀거리는 날이면
뽀드득 정겨운
음률 소리에
발걸음은 속도를
맞춰가며 이정표
없는 거리를 무작정
걷고 싶은 마음은

폭신하게 쌓인
드넓은 하얀 눈밭을
뒹굴며 장난치던
풋풋한 청춘의 그 시절

단 하나의 사랑과
행복했던 추억이
바닷가 모래밭에
깊은 그리움으로
새겨져 지울 수
없기 때문일 게다

지켜봐 주실래요

한걸음 그대 뒤에 걸어가도
멀어졌다 생각하지 마세요

그대란 사람 더 많은 것을
기억 속에 담으려는 위함이야

그대의 진솔하고 거짓 없는
믿음이 나의 가슴에 스며들면

그대와 동행하는 발걸음을
맞출 수 있을 테니까요

그때까지 묵묵히 조금 더
나를 지켜봐 주실래요

삶의 길

네가 걷는 삶의 길은
늘 뜻대로 되지 않는다

그러기에
절망이란 두 글자를
희망이란 언어로
오늘도 마음속으로
주문을 외우며

자신을 진정시킨다
소박한 나의 남은
삶을 위해서

나의 웃음꽃

너와 들길에서
들꽃 한 송이의
소박함과 아름다운
자연의 감성을 채우고

해맑은 동심에
눈을 맞추다 보면
내 마음의 찌든 오염이
순수함에 깨끗하게
씻기어 가는 듯하다

소중한 아이야
네가 줄 수 있는 건
유효기간 없는 너의
마음 통장에 나의 사랑을
무한정 입금할 터이니

그 사랑 인출하여
너도 누군가에게
따뜻함을 나눔 할 수
있는 아이로 자라주렴

너는 나의 사랑이며
행복 주는 웃음꽃이란다

마흔넷 사랑이와

꽃잎 문 활짝 열고
봄꽃들 알록달록
수채화 덧칠하며
산천을 수놓으니
사월의 들녘 길에서
활짝 피는 웃음꽃

훈풍이 산들대는
개천가 둑길에는
진한 향 가득 품고
새초롬 얼굴 내민
푸르고 여린 쑥 돋아
봄내음을 전한다

마음은 소녀 되어
옛 시절 회상하며
마흔넷 사랑이와
한 줌씩 주섬주섬
우리는 봄길 속에서
추억하나 줍는다

동그란 연두 빛깔
쑥개떡 곱게 빚어
투박한 맛스러움
어느 임 함께 할까
소박한 마음을 담아
봄의 맛을 전하리

설연화(雪蓮花)

응달에 움츠린 채
토라진 아이처럼
앙다문 꽃봉오리
햇살이 스쳐 가니
하나둘 꽃잎 문 열고
노란 물결 수 놓네

산바람 꽃대마다
숨결을 조율하니
활짝 펴 송이송이
반갑게 인사하네
설연화 꽃동산 되어
벙글벙글 웃는다

흑백의 추억

밤바다 모래밭에
앉아 따뜻한 사람들과
흑백의 추억들을
주섬주섬 펼쳐본다

바다에 뛰어들어
물장난하며 서툰
수영에 짠물을
먹어가며 멱을 감던
추억이 있는 이곳에서

소소한 기억의
보따리에 콧노래
흥얼대는 우정의
얼굴에는 아련한
미소가 스며들고

해풍은 잠이 들고
밤바다의 파도는
도란도란 그 옛날
수다 소리 엿들으려
오르락내리락 철썩인다

나의 아버지

모성이 그리울까
엄마가 되어주고
때론 정겨운 친구가
되어주신 당신은

한없는 사랑과 행복한
추억만 주셨습니다

그 은혜와
사랑을 돌려드릴
기회조차 주시지 않고
먼 곳으로 떠나가신
나의 아버지

당신을 향한
애달픈 마음은
잠들어계신 바닷가를 찾아와
오늘도 보고파서
당신을 그리워합니다

오월의 산길

나뭇잎 사이로
햇살이 부서지며
반짝이는 오월의 산길

풀숲에 가리어진
야생의 꽃송이는
참한 순수함이
소박하니 곱디곱다

짙게 물든 초록의
오솔길에 풋풋한 내음
어우러진 아카시아꽃
진한 향기를 뿜어대고

산바람에 리듬을
타며 살랑이는
잎새들은 숲길을
걷는 나그네에게
청량한 부채질을 해준다

비밀 장소

샛노란 물결들이
가을의 운치를
한껏 뽐내는 나만의
비밀 장소를 찾아

마음의 번뇌를
툭툭 털어버리려
밤길을 걸어본다

떨어진 낙엽들은
발길에 채어
바스러지며
아우성 비명을 지르고

어둠 속 벤치에 앉아
뭇별을 바라보니
풀벌레들은 자연의
가을 노래로 마음을
잔잔하게 위로한다

제3부

한 송이 바람

노란 구절초

지난밤 내린 이슬
꽃잎에 스며들어
꽃대는 축 늘어져
햇살 한 줌을 애타게
기다리고 있다

저 멀리 밝아오는
여명의 빛줄기에
영롱한 이슬방울을
후드득 털어내는
노란 구절초는

언제 젖었던가
시치미 뚝 떼고
갈바람에 흔들흔들
은은한 향기를
날려보낸다

아버지와 양미리

연탄불 석쇠 위에
양미리가 줄 맞춰서
고소함을 품은 채
연기를 내뿜으면

양미리 안주 삼아
드시는 아버지의
술잔 속에는
아픔이 버무려진
눈물의 술이었을 것이다

그때는 어려서 몰랐었다
그리움 고단한 외로움에
많이 아파하셨을 것을
양미리 철이 오면
아버지와 코끝 찡한
진한 추억이 생각난다

길섶의 주름꽃

매혹의 화려함도
은은한 향기도 없이
오가는 발길에 밟혀
못다 핀 꽃송이가 될지언정

봐주는 이 없다 한들
햇살 한 줌 의지하며
신작로 벽돌 틈에
보랏빛 주름 꽃들이
앙증맞게 피어있다

너무도 작디작은
여린 꽃송이들의
강인함에 매료되어

길섶에 쪼그려 앉아
고개를 길게 낮추고
들꽃의 당당함에
넋을 잃고 바라본다

유월의 아침 길

개천가 건너편에
꼿꼿이 서 있는
물결 틈에 바람이 건드리니
긴 허리를 휘청거리며

사그락대며 서걱서걱
갈대는 가을을 꿈꾸며
자연의 감미로운
노래를 부른다

흐드러진 샛노란
금계국 꽃무리도
노랫소리 흥겨움에
춤사위를 살랑이고

보드라운 바람은
하루를 응원하듯
폐부 깊숙이 청량함을
흠뻑 불어넣고 사라진다
유월의 어느 아침 길에

갯마당 국악

구성진 노랫가락
해변에 들려오니
오가는 길손들의
발길을 사로잡네
갯마당 국악 소리가
들썩들썩 즐겁구나

모여든 구경꾼들
어깨춤 덩실덩실
얼씨구 신 뱃놀이
절씨구 쑥대머리
신명 난 풍물놀이에
얼쑤얼쑤 아리랑

아기 오리

매서운 동장군이
심술을 부려대니
호수는 두꺼운 옷
꽁꽁꽁 입고 있네
단란한 오리 가족은
한낮 겨울 즐긴다

보드란 뽀송뽀송
깃털 옷 차려입고
엄마는 실룩실룩
아기는 뒤뚱뒤뚱
볼수록 앙증맞아라
잘도 잘도 걷는다

엄마를 뒤따르다
미끄러 넘어지니
화들짝 놀란 가슴
꽥 꽥꽥 소리쳐도
부모는 야속하게도
가버린다 저 멀리

귀여운 그 모습에
길손은 박장대소
그래도 의연하게
얼음 위 걸어가네
귀여운 아기 오리는
웃음 한 줌 남긴다

취떡을 아시나요

음력설이 지나
딱딱해진 취떡을
얼른 연탄불
석쇠 위에 노릇하게
구워 먹던 추억이 그리워

수리취를 다듬고
삶아 찰떡을 서리태
깨끗이 씻고 말려 고소한
콩고물을 만들어

사랑하는 이들에게
쑥 현미 인절미와
생소할듯한 취떡
대여섯 조각씩 유월의
싱그러움을 담아 나눈다

그들도 나의 행복한
추억 속의 맛이
맛스러운 웃음이
되었으면 바라면서

여름 나그네

산수유 무성하니
초록빛 일렁이고
목청껏 울어대는
한 쌍의 매미 울음
짧은 생 통곡이던가
스며드는 애절함

높은음 낮은음들
장단을 맞춰가며
여름의 나그네는
쉼 없이 노래하니
나무 밑 그늘에 앉아
하모니를 담는다

수채화

푸름의 잎새들이
얽히고설키는 삶
뜨락의 화단에는
주홍빛 홍란 꽃잎
꽃밭에 등불 밝히고
새초롬히 피었네

가냘픈 꽃대 위에
한 송이 꽃피우고
청초한 하얀 꽃잎
순결한 고운 자태
강렬한 여름 볕에도
단아하다 백합꽃

자연의 수채화를
그렸다 지워내고
바람은 꽃나무를
툭 지며 스쳐 가니
꽃들은 벙글거리며
햇살 한 줌 품는다

깨복조개

큰 파도 지난 자리
장개머리 우뚝 서니
양동이 하나 들고
큰 걸음 너도나도
깨금발 높낮이 하며
걸어가는 바닷속

친구들 삼삼오오
짠물도 먹어가며
모래밭 살랑살랑
춤추듯 흔들대면
발밑에 느끼는 촉감
깨복조개 잡는다

가마솥 장작불에
조개들 입 벌리고
꿀맛에 정겨웠던
여름날 웃음소리
그 시절 그랬었는데
향수되어 그립다

칠월의 청포도

도도하니 강렬한
뙤약볕의 콧대가
식을 줄 모르는
어느 집 뜨락에는

연둣빛 잎새 틈에
알알이 영글어 가는
칠월의 청포도가
주렁주렁 탐스럽다

포도송이를
바라만 봐도
시큼한 침샘이
입 안 가득 고여 들고

맛스러운 달콤함이
스며들어 풍성한
기쁨을 주려 포도
넝쿨마다 무더운
열기는 높아만 간다

건강

수없이 아프다고
하소연했건마는
주인은 일만 하며
고통을 몰라주니
단단히 토라진 몸은
비상등이 켜진다

왜 그리 아등바등
살아야 했었는지
뒤늦은 후회 한들
뭔 소용 있겠냐만
이제야 깨달은 마음
소중하게 여기리

주인을 잘못 만난
육신의 노곤함이
삶의 길 동행하랴
얼마나 힘들었나
애썼다 감사하여라
보듬으며 살리라

물 양귀비꽃

화창한 햇살 아래
은비늘 반짝이고
초록 잎 융단 위에
꽃잎을 흩뿌린 듯이

우아한 매력을 지닌
물 양귀비 꽃물결이
첫 만남의 인사로
황홀함을 안겨준다

사람의 마음을
사로잡는 깨끗하고
청순한 마음이란
꽃말이 어울리는
은은한 꽃송이들이
습지에 곱게 머문다

희망 하나

마음의 갈피를
잡지 못해 무기력은
한 달이란 어둠을
데려와 머문다

자책으로 상실한
나의 자아는 흩어진
마음속을 방황하다
남은 삶의 여정이란
숙제를 안겨주며

다시 원점으로
데려다 놓고 자꾸
돌아보며 무거운
걸음으로 멀어져 간다

혼자 감내해야 할
의무를 품고
새벽을 밟으며
저 멀리 여명 빛에
희망하나 외쳐본다

북서울 꿈의 숲

눈부신 봄 햇살이
쏟아지는 화창한 날
바람의 길동무 되어
드넓은 꿈의 숲길을
걸어보는 여유를 누린다

지천으로 피어난
형형색색 향기
품은 수채화 물결이
자연의 병풍이 되어
아름다운 수를 놓고

고운 선율에
춤사위 살랑이는
꽃잎마다 벌 나비의
사랑놀이가 무르익는다

낮게 드리워진
오솔길 모퉁이에
맑은 눈동자를
껌뻑이는 꽃사슴들이
이방인을 반겨준다

비료 포대

지난밤 함박눈이
소리도 없이 찾아와
예쁜 눈꽃 동산을
완성하였구나

두툼하니 쌓인
하얀 솜이불을
바라보니 먼지가
뽀얗게 쌓인 추억이
스멀스멀 꿈틀대며
기억을 깨운다

온 동네가 하얗던 날
해 질 녘까지 놀던
언덕배기의
비료 포대에 실린
즐거움을 알기에

세월의 숫자 앞에
마음만 청춘인 듯
무뎌진 몸은
유년의 그리움에
뒷산 언덕만 바라본다

한 송이 바람

하얀 초롱꽃
노란 달맞이꽃
서로 조화를 이루며
벙글대는 작은 뜨락

초록 잎 사이마다
나리꽃 봉오리가
몽실몽실 꽃잎 문
열 준비에 분주하다

감사의 선물
수련 두 뿌리와
덤이 된 우렁이는
꼬물대며 기어올라
호기심 가득 바깥
세상을 염탐하고

수련 한 송이라도
피어나길 설렘은
오늘도 꽃밭에 앉아
기다림이란 사랑의
눈빛을 전한다

너도 봄 나도 봄

상큼한 햇살
싱그러운 바람
포근한 마음 품고
예쁜 봄이 찾아오니

설렘의 기다림은
마음의 시린 찬바람을
보드라운 훈풍 되어
보듬어 주는 요정

사뿐사뿐 살랑이며
걸어오는 너도 봄
화사한 마음 꽃
피우려는 나도 봄

인연의 보석

남이란 이름으로
모른 채 살아오다
우연한 인연 속에
눈으로 마음으로
정을 나누니 세월의
숫자는 늘어만 간다

있다고 높이 아닌
진솔한 사랑 품고
늘 그 자리에서 묵묵히
아무런 조건도 없이
깊이를 보여 주는 그녀에게

하나를 받게 되면
두 개를 주고 싶고
나의 육신 일부가
필요하면 떼어 줘도
아깝지 않은 사람

변함없는 그 마음과
희로애락을 나눌 수

있어 감사합니다
남의 삶의 길에도
끈끈한 인연의 보석
소중히 가슴에 담으렵니다

정월대보름

야트막한 산길 따라
산사에 찾아들어
가족과 모든 인연
행복과 무병 무탈
마음의 소망을 적어
달집 끈에 묶는다

어둠이 짙게 깔린
화계사 마당 따라
풍물패 장단 소리
어깨춤 들썩들썩
모두가 정월대보름
신난 축제 웃는다

휘영청 보름달이
삼각산 떠오르니
웅장한 불꽃들이
달집에 타오르네
다 같이 손에 손잡고
강강술래 흥겹다

나의 사랑 그녀여

애달픈 멍울 되어
그곳을 찾아드니
매섭던 찬바람도
포근히 잠을 자네
한 장의 미소 띤 얼굴
나의 사랑 그녀여

따뜻이 보듬던 품
너무도 절실한데
황량한 산기슭에
홀로이 머무르니
덧없는 헛헛한 마음
속울음만 삼킨다

무엇이 그리 급해
아픔을 두고 갔나
잊으려 애를 써도
지울 수 없는 사연
혼자인 슬픈 세계는
그리움만 쌓인다

서거리

소금에 짜디짜게
염장한 명태의 아가미를
깨끗이 씻고 씻어
무와 온갖 양념
정성을 넣어 조물조물

여유로운 시간
지나면 발그레
새콤하게 곰삭아진 젓갈을
갓 지은 쌀밥 위에
살포시 올려
입속에서 오물오물
맛깔나는 밥도둑

그 옛날 흔하게
잡히던 명태는
세월의 흐름에
잡히지 않아
귀하디 귀한 몸이 되고

고향의 맛

서거리라 불리는 명태
아가미 젓갈 또한
우리들의 밥상에서
잊혀가는 씁쓸함이 되었다

제4부

고독한 사연

찻집에서

톡 쏘는 바닷바람
콧등이 알싸하고
향수의 정겨움은
마음이 포근하다
대나무 사각 소리가
반겨주는 해변 길

커피 향 뿜어대는
소박한 찻집에서
잔잔히 들려오는
추억의 음악 소리
유년의 이야기 모여
도란도란 즐겁다

참 좋은 사람

뙤약볕에 그늘이
비바람의 가림막이 되어주며
춥고 시린 마음에
훈풍이 불어오는
내 마음의 우산 하나
그대가 있어 참 좋다

그대를 위한
소박한 정성의 맛을
사랑이란 미소로 버무려서
기쁨을 가득 채워
그대에게 가는 발걸음이
새털처럼 가볍네요

나의 인생길에
은은한 향기를
품고 있는 그대는
참 좋은 사람입니다

말벌답다

산까치 까마귀의
뜻 모를 화음 속에
저 멀리 딱따구리
집 짓는 분주한 소리
들려오는 산자락에
햇살 한 줌이 따사롭다

높은 나뭇가지에
매달린 커다란
둥지 하나 바람에
흔들거리며 꿋꿋이
견뎌내는 당당함이
무서운 말벌답구나

추억의 한 페이지

어둠이 내려앉은
뜨락에 모여앉아
도루묵 양미리를
숯불에 올려놓고
또 하나 추억 페이지
차곡차곡 담는다

막걸리 한 잔 속에
우정이 오고 가고
쓴 소주 두 잔 속에
옛 시절 이야기꽃
모두가 동심이 되어
껄껄 호호 웃는다

그대들 함께하니
즐거움 흥이 나고
향수의 고향의 맛
미각이 행복하네
매듭 달 밝게 떠올라
정겨움을 엿보네

고독한 사연

추억이 머무르던
나무의 가지 끝에
시련의 바람 불어
흔적이 나부끼니
그렇게 가을은 다시
여행길을 떠난다

신작로 거리마다
고요의 무성한 잎
찢기고 바스러져
쓸쓸히 뒹구는 삶
고독한 사연 하나는
계절 속에 묻힌다

우정

윗마을 아랫마을
한 고향 태어나서
유년의 코흘리개
순수한 모습이니
둥글게 모나지 않은
친구라는 참모습

멋쟁이 신사로서
단아한 여인으로
흥겨움 돋아주니
열정이 남아 있네
중년의 걷는 발걸음
수다 소리 정겹다

향수가 있어 좋고
우정이 있어 좋다
짓궂은 친구 녀석
모두가 박장대소
남은 삶 추억 나누며
두리뭉실 사세나

배려석

지하철 타고 보니
빈자리 하나 없고
온몸은 아픈 통증에
등줄기에 식은땀만
촉촉하니 젖어든다

어쩌랴 눈에
들어온 임산부의
배려석 비어있으니
눈치 볼 것 없이
일단은 앉고 본다

한숨 돌리고 보니
마음이 불편해
민망한 가시방석이다
고개 푹 숙이고
정차역을 향해
마음만 빨리빨리 달린다

너의 추억

맑은 가을날에
눈망울 반짝이며
드넓은 꽃밭에서
색색의 꽃송이들
어루만지며 예쁜
미소 짓고 있구나

계절의 붓끝에서
절정의 코스모스
보드란 핑크 뮬리의
환상의 아름다움에
꽃길 속을 걸어가니

곱디고운 꽃송이들
한잎 두잎 눈에 담아
세월 속에 가득 채워
먼 훗날에 아스라이

추억들을 회상하며
너의 옆에 또 한 사람
있었음을 기억해 주렴

계절 한 움큼

가을이 스며들어
영근 꿈 열매들이
갈바람에 흔들흔들
추억 한 줌을
끄집어낸다

유년의 즐겨 불던
계절 옷 곱게 입은
꽈리를 뚝뚝 따
주머니에 한 움큼 채운다

앙상한 나뭇가지에
한 알 두 알 등불처럼
화사함을 채워주니
주홍빛 다섯 촉 전구가
깜박이듯 곱구나

차요테(Chayote)

넝쿨이 높이 뻗어
나무에 얼기설기
연둣빛 잎새 틈에
열매가 대롱대롱
그것참 오묘하여라
열대식물 차요테

불끈 쥔 주먹 같고
앙다문 조개 같은
뿌리와 씨앗까지
버릴 게 하나 없네
몸에도 이롭다 하니
꽃송이도 곱구나

모과꽃

봄비에 흠뻑 젖은
보드란 여린 꽃잎
연둣빛 잎새 틈에
남몰래 가만가만
모과꽃 살포시 피어
빗물 속에 웃는다

분홍빛 실루엣에
빗방울 간질간질
앙다문 꽃봉오리
수줍은 소녀 같네
은은한 향기로움이
꽃잎 속에 숨었다

가을날 시큼하니
모양은 울퉁불퉁
딱딱한 노란 열매
모과가 주렁주렁
동그란 탐스러움에
매료되는 자연 향

홍매화

섣달의 찬바람에
시련을 견뎌내고
양지 녘 꽃봉오리
움 틔워 몽글몽글
발그레 연지 찍고서
피어나는 홍매화

고결한 꽃송이들
넋 잃고 바라보니
그윽한 향기로움
가슴이 두근두근
유혹의 붉은 입술이
봄이 온 듯 곱구나

입추가 스친 자리

입추가 스친 자리에
초록의 잎새 위에
무당벌레 사마귀가
마실 나와 가을이
어디쯤 왔나 기웃대니
앙증맞게 귀엽구나

풀벌레 쓰륵쓰륵
소리를 높이라며
귀뚜라미 음률은
한 뼘 더 커져간다

햇살과 바람결은
서로가 소곤대며
들녘의 알곡에게
알토란같이 영글어
드넓은 황금 축제를
펼치자며 꼬드긴다

산당화꽃

골목은 계절이란
봄꽃이 눈부시게
만개해 살랑대니
정열의 붉은 빛깔
오가는 길손들 마음
유혹하고 있구나

해마다 이즈음에
설렘의 기쁜 만남
오래된 나무에는
하얀 꽃 빨간 물결
내 어찌 그리 곱더냐
산당화꽃 명자야

고향 내음

바다의 붉은 햇살
아침을 잠 깨우고
설악의 산허리에
흰 구름 걸려있네
은은한 솔 향기 따라
해변 길을 걷는다

지난밤 어디에서
긴 밤을 지새우고
동이 튼 바다 위로
힘차게 비상하니
갈매기 끼룩거리며
아침 인사 나눈다

솔밭에 한두 송이
해당화 피어나고
모래밭 갯완두꽃
보랏빛 벙글벙글
짠 내음 솔솔 스치니
고향 내음 좋아라

산속 집 뜨락

달빛 별빛 아름다운
밤의 어둠을 따라
뜨락을 거니니
저 멀리 이름 모를
산새의 슬픈 연가가
잔잔한 마음에
애절하게 스며들고

큰 짐승이 다녀갔나
낯선 개 짖는 소리가
고요함을 깨운다

아침이슬 머금은 귀하디 귀한
복주머니란 꽃송이가
우아함을 한껏 뽐내고

앞 도랑 맑은 물
졸졸 소리에 색색이 어우러진
야생화 만개하며
환희의 감동을 안겨준다

나리꽃

지난밤 달맞이꽃
외롭다 속삭였나
앙다문 꽃봉오리
달빛에 꽃 문 열고
아침 길 인사하듯이
나리꽃이 피었네

어느 날 이내 마음
비집고 들어온 너
십여 년 넘은 세월
꽃 피고 지고 피니
나만의 작은 꽃밭은
사랑 향기 머문다

연등

단비가 우산 위로
또르르 떨어지며
메마른 대지 위에
촉촉이 스며드네
산사에 오르는 언덕
풍경소리 반긴다

가신 임 평안 기원
영가 등 걸어놓고
남은 이 무탈하길
소망을 기원하니
색색의 연등 물결에
스며드는 빗방울

뜨락의 모퉁이에
새하얀 탐스러움
불두화 송이송이
한 폭의 그림 되어
오가는 신자들 마음
사로잡고 있구나

밤바다

밤바다 모래밭에
어린 꼬마는
야광등 반짝이는
장난감 놀이에 신이 나고

풋풋한 청춘들은
젊은 혈기 앞세우고
바닷물에 뛰어든다

요란한 폭죽 소리는
흰 연기 나풀대니
예쁜 불꽃들 찰나에
수를 놓고 사라진다

밤바람은 습한
소금기 끈적임을
데려와 돌아가라
등을 떠밀며 파도
소리만 철썩거린다

때죽나무꽃

봄볕이 화창한 날
무성한 잎새 틈에
활짝 핀 꽃송이가
바람에 흔들흔들
순백의 때죽나무꽃
청초하니 곱구나

은은한 꽃향기는
매력이 돋보이고
벌들은 쉴 새 없이
그 사랑 찾아든다
꽃 속에 얼굴을 묻고
헤어날 줄 모르네

예쁜 종 대롱대롱
나무에 걸려있고
이롭고 해로움을
한 몸에 품고 있네
수줍은 많이 타는지
땅만 보고 있다네

그런 사람이고 싶다

세월의 흔적에도
늘 그 자리에서
있는 듯 없는 듯이
살갑지는 않지만

가슴은 따뜻한
온돌을 품은
사람이고 싶어라

깊이를 몰라주고
쉬 뜨겁다 금방
식어가는 온도가 아닌
시나브로 달궈져
은근한 온도를 품은

평안한 마음의 정
나눌 수 있는 그런
사람이고 싶다

산, 바다, 그리고 호수

대청봉 능선마다
바람의 숨결인가
산자락 굽이굽이
눈꽃이 절정이네
설악의 경이로움이
산수화를 펼친다

설악산 거친 바람
바다를 찾아왔나
파도는 화를 내며
큰 물결 요동치네
쓸쓸한 겨울 바다는
눈보라만 날리네

잔잔한 영랑 호수
고요가 머무르고
어느 임 다녀갔나
흔적만 새겨있네
저 멀리 물오리 떼는
자맥질에 바쁘다

제5부

그 겨울 바다

숯

검디검은 몸이라
거들떠보지 않고
관심조차 없다 한들

그 누구를 위하여
화로에 누워 마지막
생을 온 힘을 다하여

붉디붉은
불꽃 나풀대며
뜨거운 열정을 불사른다
곧 한 줌의 재가 될지언정

정월 초이틀

십수 년 흐른 세월
빛바랜 애틋함을
막을 수 없습니다
한 잔의 곡주 속에
그리움 눈물 되어
샘물처럼 넘치네요

혼자가 되어보니
아버지 살아오신
삶 속의 인생 사연들
그 심정이 뼛속까지
가슴이 아려옵니다

그 누가 곁에 있어
이 길을 동행할까요
가신 임들 야속한들
그 무슨 소용있나요
이 또한 내 몫인 것을

아버지를 기억하는
그날까지 오징어포
소주 한 병 들고
이 바다를 찾으렵니다

그리 살면 될 것을

이웃의 인연들과
사랑이 어우러져
진솔한 마음의 정
나누며 살아가니
복 많은 사람이고

쓸모없다 등 돌려도
깊은 우정 단 한 명 있으니
그만하면 성공이지

흘러간 세월만큼
많이도 써먹은 육신
고장 날 만도 하니
고쳐가며 살면 되고

있으면 있는 대로
없으면 없는 대로
주어진 만큼 부피
감사하며 살면 되지

인생사 별것 있나요?
빈손으로 떠나면
한 줌 흙이 될 것을

억새

들녘에 붉은 노을
살포시 내려앉아
호숫가 물결 위에
발그레 물들이니
보드란 은빛 물결들
하늘하늘 춤춘다

달 별빛 스며들면
숨소리 거칠어져
미세한 울음소리
사그락 서걱서걱
차디찬 무서리 오면
쓸쓸하다 억새는

갈잎

산과 들에
흐드러져 오색 옷
자랑하며 풍경을
자아내던 낙엽들은

겨울을 재촉하는
비바람 불어대니
힘없이 휘리릭 날아
거리마다 뒹군다

어둠은 시나브로
아침을 데려오니
거리의 갈잎들은
생채기 입은 채로
추억만 만들어 놓고

계절의 등에
떠밀려 쓸쓸하게
떠나려 하고 나무의
잎새들은 바둥바둥
줄다리기를 한다

노란꽃

훈풍이 불어대는
꽃대들 틈 사이에
작은 키 치켜들고
새초롬 피어났네
샛노란 여린 꽃잎이
하늘 향해 웃는다

나리꽃 피고 지며
꽃내음 뿜어대니
달맞이 윈추리꽃
꽃잎 문 활짝 열고
아침의 햇살에 기대
여름날을 반긴다

산벚꽃

뒷산 산기슭에
봄꽃들 술렁대며
앞다퉈 꽃피우며
예쁜 조화의 물결로
마음을 흔들어댄다

새하얀 벚꽃 송이
불어오는 산바람에
춤사위를 살랑이니
흥에 겨운 꽃잎들
별꽃 되어 반짝이며

짧은 생
제 할 일을 다한 듯이
휘리릭 흩날리며
이별의 꽃비가 되어
계절의 뒤안길 따라
떠나가고 있구나

백도라지

아침에 창문 열고
뜨락을 바라보니
터질 듯 꽃봉오리
엇그제 본 듯한데
새하얀 꽃들이 피어
햇살 보며 웃는다

가을날 두 뿌리를
흙 속에 심어놓고
호기심 가득 품고
설렘의 기다림이
순백의 백도라지 꽃
화답하듯 곱구나

어여쁜 꽃송이를
가만히 바라보니
도라지 콧노래가
저절로 흥얼흥얼
나만의 또 하나 인연
예쁜 꽃밭 채운다

풍선초

세차게 쏟아지는
폭우를 견뎌내고
한소끔 햇살 아래
아침을 인사하네
부풀어 몽실몽실한
앙증맞은 풍선초

푸른 잎 하늘하늘
가녀린 끈을 잡고
줄타기 요술쟁이
멀리도 올라가네
강인한 아름다움이
기특하니 장하다

바람에 흔들흔들
작은 꽃 그네 놀이
흑과 백 하트모양
씨앗도 귀여워라
연둣빛 작은 공들이
대롱대롱 통통통

하지감자

금어기 시작되면
고깃배 발 묶이고
출항을 못 한 어부
배고픈 보릿고개
뒤란의 아버지 얼굴
수심 가득 머문다

뽀송한 마른 땅에
씨감자 심어놓고
장맛비 찾아올까
애간장 태웠었지
알토란 감자 캐는 날
삼 남매가 웃는다

가마솥 가득 쪄낸
포근한 하지감자
마당에 멍석 깔고
내 식구 도란도란
입속은 뜨거워 호호
뽀얀 속살 사르르

빗장

긴 세월 흘려보낸
우리의 재회는
운명인 줄 알았는데
무정하리만큼 이별이란
말 한마디 없이
멀리 홀로 떠난 사람

그 사람 마음을
움켜잡지 못한 애절함은
흔적조차 찾을 수 없으니

아파하며 그리워하는 것은
오롯이 혼자만의
감당해야 할
나의 몫이 되어

온기마저 싸늘히
식은 마음은 늘
어둠 속에 자신을
가두고 빗장을
굳게 잠가버린다

자연의 그림

한소끔 쏟아지던
빗방울 잠이 들고
설악의 산 능선에
노을이 내려앉아
황금빛 물감을 풀어
붉게 타고 있구나

백사장 걷는 길에
자연의 그림들이
황홀한 아름다운
풍경을 자아내니
당신을 품은 바다는
눈부시게 곱네요

마음의 감기

마음의 감기가
슬며시 숨어들어
남몰래 속앓이하며
날 선 사람 되어
자아를 상실하고

내 탓이라 책망하며
헝클어진 건조한
마음은 불면의 밤으로
자신을 괴롭힌다

훌쩍 찾아간 그곳에는
늘 변함없이 밝은
미소로 포근한 위로의
이불을 덮어주는 그녀

찾아갈 수 있는
인연의 안식처에서
마음을 청소하며 다시금
잃어버린 존재를
찾으려 힘을 채운다

꿈

그리움이 가득한
마음을 헤아렸나
지난밤 꿈속에서
은은한 미소 띠며
한마디 말도 없이
바라만 보고 있었지

목메어 불러 봐도
허공 속에 손짓뿐
잠 깨어 생각하니
진한 여운만 남는다

이름 한번 불러주면
좋았을 것을 그래도
감사하여라 보고 싶은
얼굴이 평안하니
그 하나로 행복인 것을

타인

우리는 타인으로
지내다 인연 되어
마음의 정 나누며
진실을 공유했지만

내면보다 외면으로
마음이 돌아서니
돌이킬 수 없이 틀어진
틈은 자연스럽게
타인이란 두 글자가
머릿속에 스며든다

돌아서는 그도
나에게 말하지 못한
섭섭함을 품고
있을지 모르니

그와 즐겁던 좋은
기억만 하려 한다
그래야 나의 마음도
편할 테니까 말이다

들녘은

여름 볕에 설익은 초록 빛깔은
자박자박 걸어오는 가을 햇살에
발그레 색들이 짙어지고

풍성한 탐스러움은
각자 개성의 옷들을 갈아입으며
맛스럽게 단물이 배어들고 있다

한 뼘 더 높은 하늘 바람은
들녘을 풍요롭게
부채질을 쉴 새 없이 해대니

저벅저벅 싱그러운
발길을 사로잡는
알알이 붉은 빛깔
사과나무는 새큼하게
침샘을 자극한다
가을의 맛스러움이

그 겨울 바다

파도의 철썩임을
온몸으로 맞고 있는
소돌 바위 동전
한 잎에 노랫소리
들려오는 그 겨울 바다

뜨거운 차 한 잔에
추운 몸을 녹이던
바다가 보이는
그 카페 주인도
그 자리에 있건만

흔적을 찾아온
세월의 시린 가슴
언저리에 매달린
지워야 할 그리움의
아픈 앙금 조각들을
파도는 밀려와
오르락내리락 희석한다
아주 흐리게 흐릿하게

세월의 보석

있는 그대로 바라보며
배려와 따뜻한 사랑을 품고
날마다 한 통의 안부 문자로
서로의 하루를 응원하고

진솔한 대화가
잘 통해 긴 이야기를
나눠도 짧은 시간들

자주 만날 수 없지만
마음을 알 수 있기에
항상 곁에 있는 듯
편안한 사람

세월의 보석이
되어버린 그 사람은
아직도 소중한
인연의 길을 함께
걷고 있는 중이다

미소 한 컷

까마득히 먼 줄만 알았던
지난 삶의 길 따라 넘어지며
생채기의 통증에 가슴은
갈지자의 흉터만 남아 있다

지친 마음
아파할 틈도 없이
오롯이 앞만 보며
달려온 세월은
노년이란 훈장을
떡하니 걸어준다

무뎌지는 손마디는
의사 양반 이웃처럼
살갑게 대하건만
약 알 숫자만 늘어나
야속함이 스며들고

그럼에도 불구하고
일할 수 있는 감사함은
골이 깊은 주름진

얼굴에 보드라운
미소 한 컷 찍으며
하룻길을 걸어간다

고향의 감성

사계의 웅장한
자연을 품은 설악은
마음을 쉬어가라
경이로움을 선물하고

옥빛 물감
풀어놓은 듯
잔잔한 바다는
파도가 들려주는
고향의 음악소리에
포근하게 불어오는
해풍에 몸을 맡긴다

붉은 노을 따라
걸어보는 청초호
호수 길의 감동은
작은 울림 되어 고향의
감성이 젖어든다

개망초꽃

인적조차 뜸한
산속의 공터에
여름의 바람결에
괜스레 수줍은 듯
실눈을 살짝 뜨고

앙증맞게 작은
노란 모자 쓰고
흐드러지게
피어있는 꽃물결

어둠이 짙게 깔린
밤이면 큰 키를
자랑하며 달빛 속에
하얀 별꽃 되어
반짝이는 개망초꽃

인생네컷

어스름 바닷가에
솔 향기 스며들고
열정의 노년들의
경쾌한 버스킹은
어깨춤 들썩거리며
사로잡고 있구나

모래밭 둘러앉아
사연들 도란도란
풋풋한 청춘들은
갈지자 비틀비틀
밤하늘 뭇 별들 모여
점을 콕콕 찍는다

네모난 상자 속에
채우는 인생네컷
육십의 세월 속에
신세계 체험하네
동행한 예쁜 사람들
사랑 향기 품는다

□ 서평

추억의 바다에서 만난 그리움과 희망 읽기

– 신복록 네 번째 시집 『그 바다는 나를 위로한다』

최 봉 희(시조시인, 평론가, 글벗 편집주간)

“사랑은 끊임없이 배워야 한다. 그 끝은 존재하지 않는다.”

미국의 여류 소설가 캐서린 앤 포터(Katherine Anne Porter)의 말이다. 사랑은 끝이 없는 배움의 길, 이것이 바로 사랑의 길이라는 의미다. 사랑은 끊임없이 배움으로 새로워져야 하고 성장하기 때문이다.

신복록 시인은 강원도 속초에서 출생한 시인이다. 한국문학 동인회에서 시로, 계간 글벗에서 시조로 등단했다. 한국문인협회, 강북문인협회, 글벗문학회 회원으로 활동하면서 현대시선 세계 예술연합회 공동 주최 감성 문학 최우수상을, 글벗백일장 장려상을 4회 수상한 바 있다.

이번 네 번째 시집 『그 바다는 나를 위로한다』에는 시와 시조 총 110편이 실렸다. 시집에 등장하는 핵심 단어를 찾아보면 ‘추억(24회)’과 ‘바다(15회)’ ‘그리움(10회)’, ‘희망(7회)’이다.

신복록 시인에게 바다는 추억의 공간인 셈이다. 바다의

한가운데 애틋한 유년 시절이 있고 풋풋한 사랑이 머물러 있는 곳이기 때문이다. 그 공간에는 분노도 있고, 아픔도 있고, 슬픔도 있으며, 행복과 그리움도 있는 공간이다.

신복록 시인의 네 번째 시집 『그 바다를 나를 위로한다』에 담긴 110여 편의 작품을 일독했다. 그의 시에 나타난 바다의 속성을 살펴보고자 한다.

바람이 꼬드겨서
태풍을 데려왔나
바다는 밤새도록
성이 난 듯 굉음만
토해내고 있다

여명의 붉은빛은
구름 뒤에 숨어버리고
큰 물결 휘감은 파도는
무서우리만큼
백사장으로 질주하며

하얀 포말을 만들어
넓은 모래밭에
보드라운 융단을 펼쳐놓고

나의 흔적도
인연의 발자국도
매정하리만치
쉼 없이 지워대고

짜르륵 사라진다
－시 「성난 바다」 전문

신복록 시에 나타난 '바다'의 첫 번째 속성은 바로 '지움'의 공간이다. 파도는 보드라운 융단을 펼쳐놓고 나의 흔적과 인연의 발자국을 쉼 없이 지우고 잊게 하는 역할을 한다. 그것은 삶의 흔적을 지우고 인연을 끊어버리는 아픔의 발자국인 셈이다. 하지만 지워진 그 흔적 위에 바다의 파도는 또 다른 그림을 그리곤 한다.

풀숲에 음악인들
가을밤 멜로디를
섧게도 들려주니
휘영청 달빛 속에
슬픔의 기억 한 조각
통증 되어 아려온다

헛헛한 모성의 정
부성의 사랑 속에
그리움 숨겨두고
엄마란 예쁜 이름
이불을 뒤집어쓴 채
불러보던 그날들

애달픔 하나하나
가슴에 매달린 채
상상의 기억 저편

희망 꿈 있었건만
목마른 엄마의 정은
갈증 되어 남았네

누구의 잘못 아닌
이 또한 나의 운명
미역국 한 그릇에
당신을 그려보니
소중한 추억은 없고
빈 가슴만 있구나
– 시조 「미역국 한 그릇」 전문

그 옛날의 추억을 통증으로 기억하는 순간이다. 부모의 이별 속에서 아련한 추억들이 슬그머니 사라지는 아픔, 그리움의 갈증, 빈 가슴만 남은 것이다. 이것을 시인은 운명이라고 말한다. 긍정적인 삶의 태도다. 왜냐하면 그 추억은 다시금 그 바다의 융단 위에 다시금 수채화처럼 다시금 또 다른 추억을 그리기 때문이다. 그 추억은 그의 다양한 시와 시조로 그려진다.

신복록 시인의 시에는 '추억'이라는 단어가 24회 등장한다. 그 추억을 수채화처럼 그리다가 다시 덮고 새로운 그림을 그리고 있다.

밤바다 모래밭에
앉아 따뜻한 사람들과
흑백의 추억들을

주섬주섬 펼쳐본다

바다에 뛰어들어
물장난하며 서툰
수영에 짠물을
먹어가며 멱을 감던
추억이 있는 이곳에서

소소한 기억의
보따리에 콧노래
흥얼대는 우정의
얼굴에는 아련한
미소가 스며들고

해풍은 잠이 들고
밤바다의 파도는
도란도란 그 옛날
수다 소리 엿들으려
오르락내리락 철썩인다
- 시 「흑백의 추억」 전문

어린 소녀가 이제 예순이 넘은 세월 속에서 추억은 늙지 않고 그 기억 속에 머물러 있다. 콧노래 흥엉대는 소중한 추억의 보따리에 우정이 살아 있고 옛이야기의 수다소리를 들으려고 파도가 오르락내리락한다는 것이다. 그뿐인가. 봄마다 햇쑥을 찾아서 쑥개떡을 만들어 먹던 잊지 못할 추억을 다시금 그 시절의 추억을 회상한다.

봄볕이
무르익어가는
이맘때 즈음이면
청량한 바람과
동행하며 들녘 길에
햇쑥을 찾아다닌다

유년의 시절에는
쑥개떡을 만들어
배부름을 채우던
잊지 못할 그 맛

손끝에서 조물조물
한 조각 또한 조각
동그랗게 모나지 않은
마음을 버무려

그 시절의 맛을
그 시절의 추억을 빚는다
– 시 「추억을 빚다」 전문

성난 파도가 밀려와서 추억을 잊게 하고 모든 인연을 덮어버린다고 해도 시인은 긍정의 마음으로 삶을 살아간다. 그만큼 시인은 험난한 삶을 살아왔다. 부모님과 이별은 물론이고 고향을 떠나 서울 도심에서의 삶은 힘겹고 어려움의 연속이었다. 아무리 사납고 질긴 고통이 닥치다고 해도 마음 한 자락에서는 희망이 싹트고 있는 것이다.

머리는 괜찮다며
별 게 아니라고
주문을 외우지만
불청객 마음의 감기는
자신을 움츠리게 만든다

울퉁불퉁 험난한
길을 걸어왔으니
남은 삶의 길은
평안함을 원했건만

긴 한숨을 토해내고
긍정이란 공기를
깊이 들이마시며
바람을 빌어본다

동그란 그 아이는
모나지 않고
해피엔딩 될 거라고
자신을 토닥토닥
위로를 해준다
– 시 「해피엔딩을 소망하며」 전문

시인은 힘겨울 때나 아픔을 겪을 때는 반드시 바다를 찾는다. 짭조름 비릿한 내음으로 그리움의 목마름을 달래주기에 홀로 찾아와도 쓸쓸하지 않은 곳이 바다이기 때문이다. 때론 지쳐버린 마음을 쉬어가라 푸근함을 내어주는 곳이기 때문이다. 따라서 바다는 그리움의 공간이자 추억의 공간이며 희망의 공간이다.

겹겹이 추억의
사연들이 묻혀있는
동틀 무렵의 고향 바다

마음의 위로와
힘을 실어주는
희망의 울타리에서
잠시 여유를 가져본다

힘차게 솟아나는
붉은 일출은
바라보는 이에게
용기를 실어주니

자신을 낮춘
마음가짐으로 남은
삶의 그림을 고운
색으로 채색하고 싶구나
- 시 「삶의 그림」 전문

두 번째로 시인에게 바다는 '삶의 그림'을 그리는 공간이다. 그는 바다에서 공허함에 텅 빈 가슴을 보듬어 주며 내일이란 여백을 채워주는 그 바다를 찾아서 그는 희망을 얻고 시와 시조를 통해서 삶의 그림을 그리고 있다.

시는 언어로 그리는 그림이다. 바다가 그의 캔버스이고 도화지이며 삶의 그림이 되는 것이다.

감꽃이 떨어지는
골목길 담장에는
넝쿨에 얼기설기
인동꽃 만발하니
아련한 그리움들이
꽃잎 속에 머문다

어릴 적 말괄량이
들녘을 뛰어놀다
꽃잎 따 뒤 꽁지의
달콤함 먹곤 했지
향수가 깃들어있는
그 옛날의 추억 꽃

하얗게 피었다가
노란 꽃 변신하니
벌들은 쉴 새 없이
향기를 찾아들죠
눈부신 햇살 보듬고
깊어간다 오월이
– 시조 「추억의 꽃」 전문

시인은 배고플 때 감꽃을 먹던 추억, 하얗게 피었다가 노랗게 변신하는 오월의 향기와 그 추억을 회상한다. 지금은 황혼의 길을 걷는 육순을 넘었다. 세월의 숫자를 헤아리면서 우정의 맛을 나눌 수 있는 친구를 찾곤 한다. 그리고 고향의 바다를 거닐면서 추억을 회상하면서 그리움을 맛본다. 시인에게는 그것이 오롯한 행복이자 희망인 것이다.

고향의 코흘리개
옥수수 감자 서리
개구쟁이 철부지들
추억만 간직한 채
세월의 숫자 속에
황혼 길을 걷고 있구나

육순을 넘은 삶의 길목에도
질기고 질긴 끈이 되어
서로를 보듬으니
숙성된 우정의 맛은 깊고 깊다

동글동글 뽀얀 속살 뽐내는
고소한 감자 부침개
매콤함이 우러난 김치 수제비
유년의 맛을 내어준다

화려한 야경은
덤이 되는 아름다운
청초호를 거닐며
달달한 이야기 나눌 수 있는
그녀가 있기에
고향의 밤은 행복하여라
– 시 「코흘리개」 전문

시인은 지금껏 열정적인 삶을 살아가고 있다. 그의 시에는 고향 바다가 담긴 삶의 바다가 있다. 지금껏 한순간도 놓치지 않고 감사하면서 최선의 삶을 살아왔다. 그래서 그의 삶은 행복하다. 왜냐하면 시인에게는 친구라는 희망이 있고 자연이라는 바다가 있기 때문이다.

프랑스의 시인이자 화가인 앙리 미쇼(Henri Michaux)의 말이 떠오른다.

"그리는 것, 구성하는 것, 쓰는 것은 자기 자신을 바치는 것이다. 이런 행위에는 살아 있는 모험이 있다."

자신을 다 주어야만 남에게 영향을 미칠 수 있다. 그래서 자신의 시에는 반드시 자신의 이야기가 있어야 한다. 아무리 보잘것없고 평범한 사람이라도 자신을 다 바치면 강한 힘이 드러나는 법이다. 이때 어느 누구도 발견하지 못한 세계를 만나게 된다. 그 세계는 동일하지 않다. 어쩌면 저마다의 모험을 겪는 것이다. 그래서 시인은 오늘도 나를 바쳐서 시와 시조라는 글로써 도전한다. 이것이 시인의 살아있는 모험인 셈이다.

모성이 그리울까
엄마가 되어주고
때론 정겨운 친구가
되어주신 당신은

한없는 사랑과 행복한
추억만 주셨습니다

그 은혜와
사랑을 돌려드릴
기회조차 주시지 않고
먼 곳으로 떠나가신
나의 아버지

당신을 향한
애달픈 마음은
잠들어계신 바닷가를 찾아와
오늘도 보고파서
당신을 그리워합니다
– 시 「나의 아버지」 전문

시인의 삶에서 절대적인 영향을 주신 분은 아버지다. 때론 어머니가 되어주고 친구가 되어준 아버지를 추억하면서 그리움으로 바닷가를 찾는다.

누구나 가끔은 자신을 돌아보아야 한다. 나는 무엇에 의해 움직이고 있는가. 내가 추구하는 것은 무엇일까? 돈일까? 사람일까? 여러 가지 현실적인 문제에 쫓기다 보면 어느새 돈에 의해 움직이는 나를 발견할 수 있다. 돈만 추구하면 결코 행복을 발견할 수가 없다. 그러나 시인은 사람을 추구한다. 아버지와 친구, 그리고 자연과 함께 한 추억이 있다.

비탈진 언덕배기

키가 큰 오동나무에
연보랏빛 예쁜 꽃이
종들을 걸어놓은 듯
바람결에 찰랑거린다

오동나무를
바라보면 반닫이를
만들어 주시던
아버지의 모습에
좋아하던 열여섯 살
소녀가 떠오른다

예순이 넘은
세월 속에서
소녀의 행복했던
추억은 늙지도 않고
그 기억에 머물러 있다
– 시 「오동나무 추억」 전문

오동나무에서 아버지와 함께 행복한 삶을 살던 열여섯 소녀의 모습이 떠오르고 행복했던 기억을 추억한다. 시인은 "추억은 늙지도 않는다."고 말한다. 아버지와의 아름다운 추억이 고스란히 가슴에 남아 있는 것이다.

연탄불 석쇠 위에
양미리가 줄 맞춰서
고소함을 품은 채
연기를 내뿜으면

양미리 안주 삼아
드시는 아버지의
술잔 속에는
아픔이 버무려진
눈물의 술이었을 것이다

그때는 어려서 몰랐었다
그리움 고단한 외로움에
많이 아파하셨을 것을
양미리 철이 오면
아버지와 코끝 찡한
진한 추억이 생각난다
– 시 「아버지와 양미리」 전문

행복은 돈이 아니다. 행복은 관계의 기쁨이다. 아버지와의 진한 추억을 생각하면서 그리움을 표현하고 있다. 그 추억은 십수 년이 흘러도 그 애틋한 그리움을 잊을 수가 없다. 시인은 그 추억은 소중하기에 가슴으로 부르는 노래가 되는 것이다.

십수 년 흐른 세월
빛바랜 애틋함을
막을 수 없습니다
한 잔의 곡주 속에
그리움 눈물 되어
샘물처럼 넘치네요
혼자가 되어보니

아버지 살아오신
삶 속의 인생 사연들
그 심정이 뼛속까지
가슴이 아려옵니다

그 누가 곁에 있어
이 길을 동행할까요
가신 임들 약속한들
그 무슨 소용있나요
이 또한 내 몫인 것을

아버지를 기억하는
그날까지 오징어포
소주 한 병 들고
이 바다를 찾으렵니다
– 시 「정월 초이틀」 전문

세 번째로 신복록 시인에게 '바다'는 희망의 공간이다.

시인은 해마다 정월이면 고향의 바닷가를 찾는다. 아버지의 인생 사연을 곱씹으면서 자녀에게 남겨준 그 사랑을 시인은 시조로 담은 것이다. 시인은 아버지를 기억하는 그날까지 고향의 바다, 삶의 바다를 시와 시조로 찾아가는 것이다. 겹겹이 추억의 사연들로 가득한 묻혀있는 고향 바다 마음의 위로와 힘을 실어주는 희망의 울타리이자 삶의 여유를 가질 수 있는 공간이다. 힘차게 솟아나는 일출을 바라보며 용기를 얻는다. 그리고 자신을 낮춘 겸손한 마음 가짐으로 남은 삶의 그림을 시인은 시와 시조라는 고운 색깔로 삶을 채색하고 있다.

어둠이 내려앉은 뜨락에 모여앉아
도루묵 양미리를 숯불에 올려놓고
또 하나 추억 페이지 차곡차곡 담는다

막걸리 한 잔 속에 우정이 오고 가고
쓴 소주 두 잔 속에 옛 시절 이야기꽃
모두가 동심이 되어 껄껄 호호 웃는다

그대들 함께하니 즐거움 흥이 나고
향수의 고향의 맛 미각이 행복하네
매듭 달 밝게 떠올라 정겨움을 엿보네
– 시조 「추억의 한 페이지」 전문

시인은 어린 시절의 동창들과 추억을 다시금 되살리는 자리를 종종 갖곤 한다. 양미리에 막걸리 한 잔을 나누는 우정 속에서 옛 시절의 이야기꽃을 피운다. 고향의 맛을 느끼면서 어린 시절을 추억한다. 그리고 희망을 키워가는 것이다.

삶은 운으로 이루어지지 않는다. 어쩌다 보니 성공했다는 것은 있을 수 없다. 그러 면에서 신복록 시인은 성공한 삶을 살아가는 사람중에 한 사람이다. 어느덧 네 권의 시집을 출간했으니 시인으로 성공한 삶이요. 보람을 나눌 수 있는 친구들이 있으니 더욱 그렇다.

훌륭한 사람들의 배경에는 행복한 삶을 살도록 도와준 길잡이 원칙들이 분명 있다. 훌륭한 사람을 산 사람들은 하나같이 자기 나름의 원칙과 본질이 있다. 삶의 길잡이로서 삼을 만한 원칙을 붙들고 노력하는 삶, 인내하면서 사는 삶인 것이다. 신복록 시인에게도 그러한 삶의 원칙이 있다. 바로 추억을 시와 시조라는 그림으로 그리고 있다는 것이다.

네 번째 시집 『그 바다는 나를 위로한다』에 담긴 110편의 시와 시조에서 만난 것처럼 시인은 바다를 통해서 어린 시절의 추억을 노래하고 아버지와 친구를 만난다.

"한 겨울에도 움트는 봄이 있는가 하면 밤의 장막 뒤에도 미소 짓는 새벽이 있다"

칼릴 지브란의 말이 떠오른다. 봄도 새벽도 홀연히 찾아온다. 오직 희망으로 기다리는 자에게만 찾아온다. 아무리 깊고 혹독한 추위라고 해도 봄이 올 것이고 아무리 깊고 어두운 밤이라고 해도 어디에선가 빛이 다가오는 것이다.

신복록 시인에게 '바다'는 그리움의 세계이고 추억의 공간이면서 동시에 희망을 담은 공간이다. 시인의 가슴에 희망을 기다리는 그 마음에 이미 희망이 자리 잡고 있다. 희망은 처음에는 작은 씨앗이지만 스스로 자라나 큰 나무가 될 것이다.

다시 한번 그가 걷는 시인의 길에 언제나 건승과 건강이 가득하기를 기원한다.

■ 글벗시선 201 신복록 네 번째 시집

그 바다는 나를 위로한다

인 쇄 일 2023년 8월 16일
발 행 일 2023년 8월 16일
지 은 이 신 복 록
펴 낸 이 한 주 희
펴 낸 곳 도서출판 글벗
출판등록 2007. 10. 29(제406-2007-100호)
주 소 경기도 파주시 와석순환로 16,(야당동)
롯데캐슬파크타운 905동 1104호
홈페이지 http://guelbut.co.kr
E-mail juhee6305@hanmail.net
전화번호 031-957-1461
팩 스 031-957-7319
가 격 12,000원
I S B N 978-89-6533-262-6 04810